LE
KING

FLASH
McQUEEN

SHÉRIF

DOC
HUDSON

CHICK

Disney · PIXAR

Les bagnoles

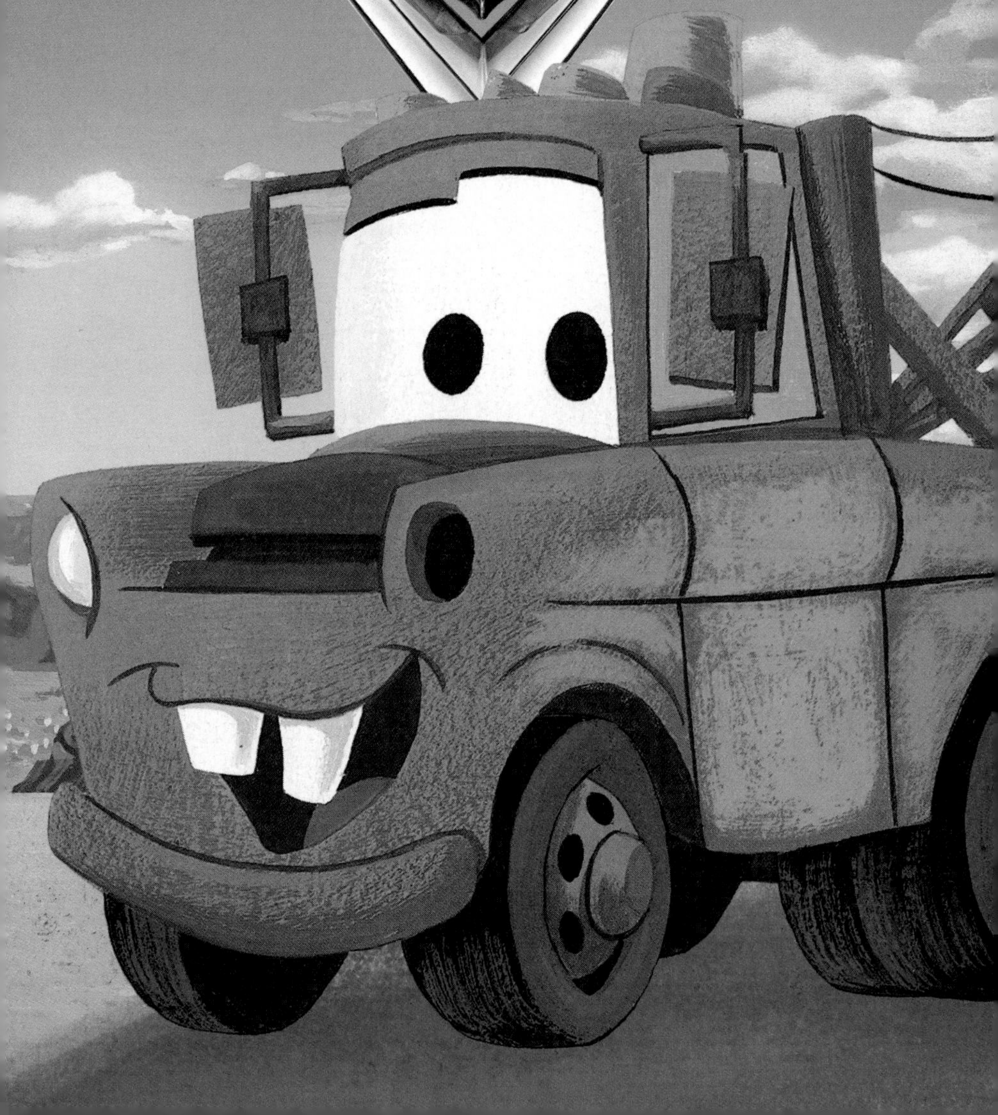

Bienvenue à la course de l'année! Pour le pilote automobile recrue Flash McQueen, c'est le moment dont il a rêvé. À lui la célébrité et la fortune s'il réussit à mettre la main sur la Coupe Piston. Il lui faut la victoire.

McQueen n'aura cependant pas la tâche facile. Le King, champion en titre, et Chick, un coureur téméraire et batailleur, sont aussi dans la course au championnat. Et Chick, qui déteste finir deuxième, est prêt à tout pour vaincre McQueen.

Mais McQueen a un plan audacieux. Tandis que les autres coureurs rentrent au puits pour un changement de pneus, lui, il poursuit à fond la caisse. C'est un risque à prendre... un trop grand risque. **BANG! BANG!**

Avec moins d'un tour à faire, McQueen crève ses deux pneus arrière. Le King et Chick le rattrapent!

Quelle fin de course!

« McQueen, ne pas changer de pneus, c'était assez risqué », dit un journaliste. « Est-ce que vous regrettez de ne pas avoir eu de chef d'équipe? »

« Non », répond McQueen, avec impudence. « J'aime travailler seul. »

Le King donne un conseil à la jeune recrue. « Tu ne gagneras pas si tu n'as pas des bons gars derrière toi », dit-il. « La course automobile, c'est un travail d'équipe. »

À ce moment, les officiels annoncent les résultats de la course. Il y a égalité à trois! Il y aura une autre course en Californie pour départager les trois meneurs.

McQueen est très déçu. S'il n'avait pas crevé ses pneus, il aurait sans doute remporté la course. McQueen monte dans la remorque de Mack. Il veut arriver le premier en Californie pour pouvoir s'entraîner. « On roule toute la nuit jusqu'à la Californie! » ordonne-t-il.

« Je ne tiendrai pas le coup, moi », gémit Mack. Il est si fatigué qu'il peine à garder les yeux ouverts.

« Oh, je suis sûr que oui », dit McQueen.

Mais, peu de temps après, les deux amis s'endorment et ni l'un ni l'autre ne s'en rend compte quand McQueen tombe de la remorque!

« Aaaah! » crie McQueen à son réveil. Il roule en sens inverse de la circulation. Complètement désorientée, la voiture de course panique et traverse la petite ville de Radiator Springs à toute vitesse.

McQueen perd la maîtrise et fonce dans une clôture. Il a maintenant le shérif à ses trousses. Il termine finalement sa course enchevêtré dans des fils électriques.

Oh, là, là! Ce qu'il va avoir des ennuis.

« Bonjour, le beau au bois dormant! » lance gaiement une dépanneuse, quand McQueen se réveille le lendemain matin.

« Mais, quoi, qu'est-ce qui se passe? » balbutie McQueen, en constatant qu'il a été mis en fourrière.

Mater, la dépanneuse, lui sourit de l'autre côté de la clôture. « Tu es drôle, ah, je t'aime déjà, toi. Tu es à Radiator Springs, la plus jolie petite ville dans le comté de Carburateur! »

McQueen jette un regard autour de lui. La ville ne lui semble pas si géniale que ça. Il ne voit que des édifices désaffectés.

McQueen est finalement conduit à la cour municipale, où l'attend une foule furieuse. McQueen est convaincu qu'il sera libéré dès que les gens sauront qu'il est une célèbre voiture de course. Jamais il ne s'était aussi royalement trompé!

Le juge de la ville, Doc Hudson, veut que McQueen quitte la ville immédiatement. Mais l'avocate de la ville, Sally, réussit à convaincre Doc d'obliger McQueen à rester pour réparer la route.

« Vous allez réparer la route sous ma supervision! » déclare Doc.

« Quoi? Tout le monde est fou, ici? » lance McQueen.

McQueen a beau protester, rien ne changera
la décision du juge.
    « Voici Bessie, la meilleure machine à
goudronner au monde », poursuit Doc, fièrement.
« Arrime-le, Mater. »

Un travail énorme attend McQueen. Il devra faire vite s'il veut arriver en Californie à temps pour la grande course. Et en ce moment, pour McQueen, rien n'est plus important que cette course.

McQueen se soucie
peu du travail bien fait.
Il pourra partir quand
la route sera faite. Une
heure plus tard, il a fini!
« Elle est terrible! »
s'exclame Sally.
« Bien, c' est pour aller avec le
reste de la ville », rétorque McQueen
à la rigolade.

« L'entente, c'était de réparer la route, pas de l'abîmer », maugrée Doc, venu constater le résultat du travail de McQueen. « Recommence tout! »

« Je ne suis pas un bulldozer, mais une voiture de course », rétorque McQueen.

Doc regarde McQueen dans les yeux et lui lance un défi. « Oh, tu m'en diras tant. On pourrait faire une petite course, toi et moi, alors. »

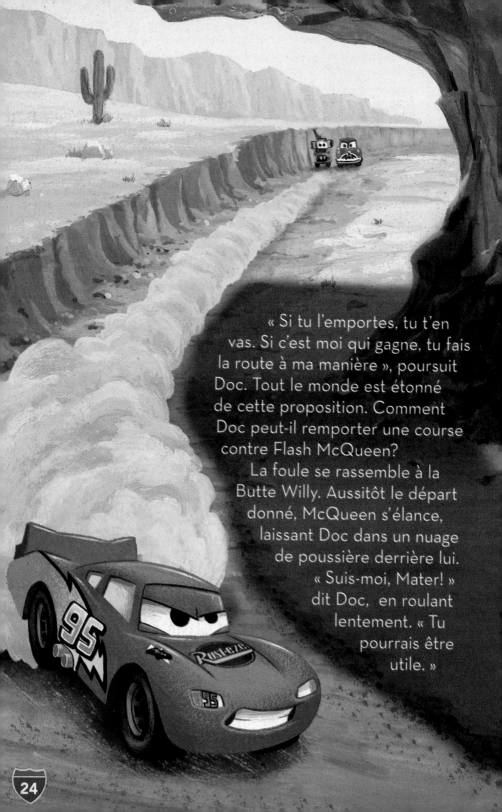

« Si tu l'emportes, tu t'en
vas. Si c'est moi qui gagne, tu fais
la route à ma manière », poursuit
Doc. Tout le monde est étonné
de cette proposition. Comment
Doc peut-il remporter une course
contre Flash McQueen?
La foule se rassemble à la
Butte Willy. Aussitôt le départ
donné, McQueen s'élance,
laissant Doc dans un nuage
de poussière derrière lui.
« Suis-moi, Mater! »
dit Doc, en roulant
lentement. « Tu
pourrais être
utile. »

Doc avait raison! McQueen s'engage dans un virage. Soudain, ses pneus dérapent et il perd le contrôle. McQueen aboutit dans des cactus, au pied d'un ravin peu profond. Aïe!

« Je commence à croire que Doc, il savait que tu allais faire un accident! » lance Mater, en riant, tandis qu'il remorque McQueen.

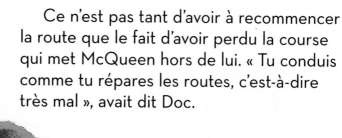

Ce n'est pas tant d'avoir à recommencer la route que le fait d'avoir perdu la course qui met McQueen hors de lui. « Tu conduis comme tu répares les routes, c'est-à-dire très mal », avait dit Doc.

McQueen est une fière voiture de course. « Je vais lui montrer, moi », se dit-il. Sur ce, il entreprend de refaire la route, cette fois en s'appliquant.

Le lendemain matin, les citoyens découvrent la nouvelle route pavée par McQueen. Elle est magnifique!

« Incroyable! » s'exclame Sally.

Même Doc est impressionné, sauf qu'il ne fait pas confiance à la voiture de course. « Il n'a pas encore fini. Où diable est-il allé? »

McQueen est à la Butte Willy, en train de pratiquer ses virages. Il veut réussir le virage qu'il a manqué.

Doc sourit en le voyant rater le virage à chaque fois. Il se décide enfin à lui donner un conseil : tourner à droite pour aller à gauche. Au moment où Doc ne regarde pas, McQueen tente le coup... et il rate à nouveau le virage!

Entre-temps, les voitures de la ville, inspirées par la nouvelle route, ont commencé à rénover leurs boutiques pour leur redonner fière allure.

Sally veut
remercier McQueen
d'avoir redonné une
certaine fierté à sa ville.
Elle l'invite à venir loger à
son motel plutôt que de
retourner à la fourrière.

« Hé, je sais ce qu'on pourrait faire ce soir »,
lance Mater. McQueen n'a aucune idée de ce
que la dépanneuse a derrière la tête, mais il est
certain que ce sera amusant.

Quelques minutes
plus tard, Mater et
McQueen sont dans
un champ où dorment
des tracteurs. Eh oui!
Ils vont jouer à la
bascule à tracteur.

« Fais gaffe que Frank t'attrape! » avertit Mater.

« Qui est Frank? » demande McQueen. En guise de réponse, Mater fait résonner son klaxon et un tracteur tombe à la renverse dans un grognement. McQueen, qui n'a pas de klaxon, fait vrombir son moteur. Des dizaines de tracteurs tombent à la renverse! Mater et McQueen rient comme des fous… jusqu'à ce qu'une énorme récolteuse se rue dans leur direction!

« C'est Frank! » crie Mater.

Le lendemain matin, McQueen jette un coup d'œil dans le garage de Doc Hudson. À sa grande surprise, il y découvre non pas une, mais trois Coupes Piston. Ainsi, Doc est une ancienne célèbre auto de course!

Doc arrive à ce moment. Furieux que McQueen ait découvert son secret, il lui ferme la porte au visage.

McQueen n'y comprend rien. Pourquoi une voiture de course célèbre est-elle venue s'installer dans cette petite ville tranquille?

Plus tard ce jour-là, McQueen retrouve Doc en train de faire la course à la Butte Willy. Doc est formidable! Mais lorsqu'il voit McQueen, il fait demi-tour et rentre chez lui.

« Comment avez-vous pu abandonner au sommet de votre forme? » demande McQueen, de retour chez Doc.

« C'est EUX qui m'ont abandonné! » répond Doc. Après un capotage, il avait passé beaucoup de temps à l'atelier de réparation. À son retour, une recrue bourrée de talent, comme McQueen, avait pris sa place. Depuis, Doc ne faisait plus confiance aux autos de course.

« Va finir la route et fiche le camp d'ici » dit-il

McQueen travaille toute la nuit pour terminer la route. La ville a retrouvé sa fierté et brille de tous ses éclats. Les voitures défilent fièrement sur la rue principale.

Soudain, la parade est interrompue par l'arrivée d'un hélicoptère et d'une marée de journalistes. Ils avaient sillonné la région de fond en comble pour retrouver McQueen!

Mack est là, lui aussi. « Pardon de vous avoir perdu! » dit-il. McQueen a du mal à quitter la petite ville. Tristement, il monte dans sa remorque, en route pour la grande course. Suivent les journalistes.

Les néons de la ville s'éteignent. McQueen est reparti aussi vite qu'il était venu.

C'est le jour de la course! Le King, Chick et McQueen sont sur la ligne de départ, prêts à la bataille à trois pour la Coupe Piston.

McQueen a toutefois du mal à se concentrer. Il s'ennuie de ses amis de Radiator Springs.

McQueen est sur le point d'abandonner quand une voix retentit dans sa radio : « Je n'ai pas fait tout ce trajet pour te voir abandonner! » C'est Doc! « Je savais qu'il te fallait un chef d'équipe, mais j'ignorais que tu n'avais pas d'équipe du tout. »

Il rêve? Doc a réuni une équipe de Radiator Springs qui va tout mettre en œuvre pour aider McQueen à gagner la course.

McQueen conduit comme jamais il n'a conduit avant. Il dépasse Chick, mais ce dernier l'emboutit par derrière et l'envoie tournoyer vers l'intérieur du circuit. Mais McQueen réussit à redresser grâce au conseil de Doc : tourner à droite pour aller à gauche. Il est de retour en et en tête!

Chick est furieux. « Je ne finirai pas dernier! » rugit-il,
en fonçant sur le King! Le vieux champion est hors course.
Cette situation rappelle à McQueen la carrière de Doc.
Pas question que le King termine la sienne de cette façon.

   À quelques mètres du fil d'arrivée, McQueen freine
et fait demi-tour pour aller aider le King à terminer sa
dernière course.

« Oui! Wou-ouh! J'ai gagné! » crie Chick, mais personne ne s'occupe de lui. Tout le monde entoure McQueen et le King. McQueen a renoncé à la victoire pour aider un adversaire — quel beau champion. Doc est vraiment fier de lui.

McQueen installe son quartier général de course à Radiator Springs. Doc est son nouveau chef d'équipe et, à l'occasion, son partenaire de course. Il semble que la recrue ait encore des trucs à apprendre de l'ancien champion, mais comme il est heureux d'être de retour parmi ses amis.

FIN

ŒIL DE LYNX

Cours vite tenter de retrouver ces images dans le livre.